*The Alphabet Book*

A Random House PICTUREBACK®

# P. D. Eastman

# THE ALPHA

Random House New York

American ants

A B C D E F G H I J K L M N O P Q R S T U V W X Y Z

# B

Bird on bike

Cow in car

A
B
C
D
E
F
G
H
I
J
K
L
M
N
O
P
Q
R
S
T
U
V
W
X
Y
Z

A
B
C
D
E
F
G
H
I
J
K
L
M
N
O
P
Q
R
S
T
U
V
W
X
Y
Z

# D

Dog with drum

# E

Elephant on eggs

A B C D E F G H I J K L M N O P Q R S T U V W X Y Z

Fox with fish

G

Goose with guitar

A B C D E F G H I J K L M N O P Q R S T U V W X Y Z

A
B
C
D
E
F
G
H
I
J
K
L
M
N
O
P
Q
R
S
T
U
V
W
X
Y
Z

# H

Horse on house

I

Indian with ice cream

A
B
C
D
E
F
G
H
I
J
K
L
M
N
O
P
Q
R
S
T
U
V
W
X
Y
Z

# J

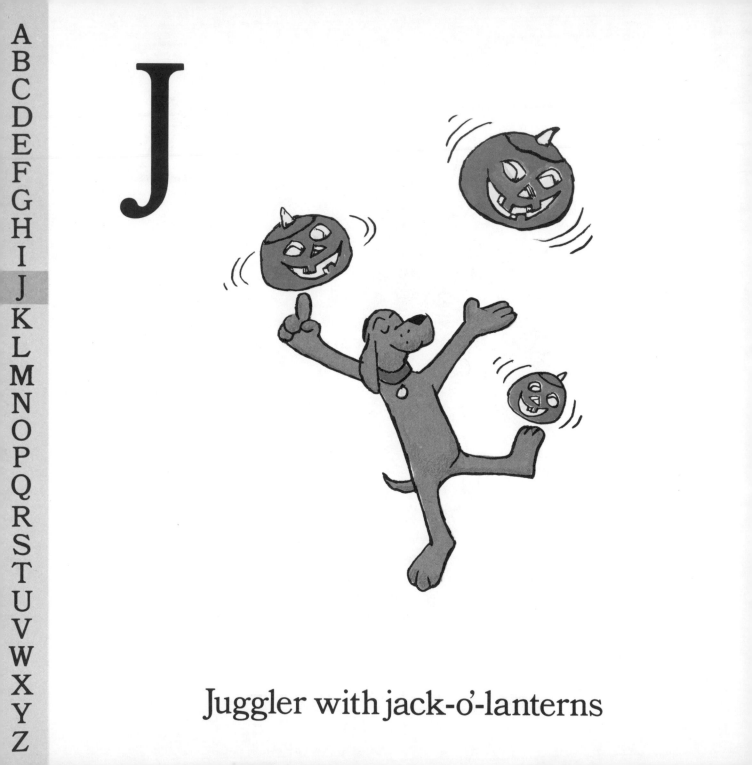

Juggler with jack-o'-lanterns

# K

**Kangaroos with keys**

# L

Lion with lamb

# M

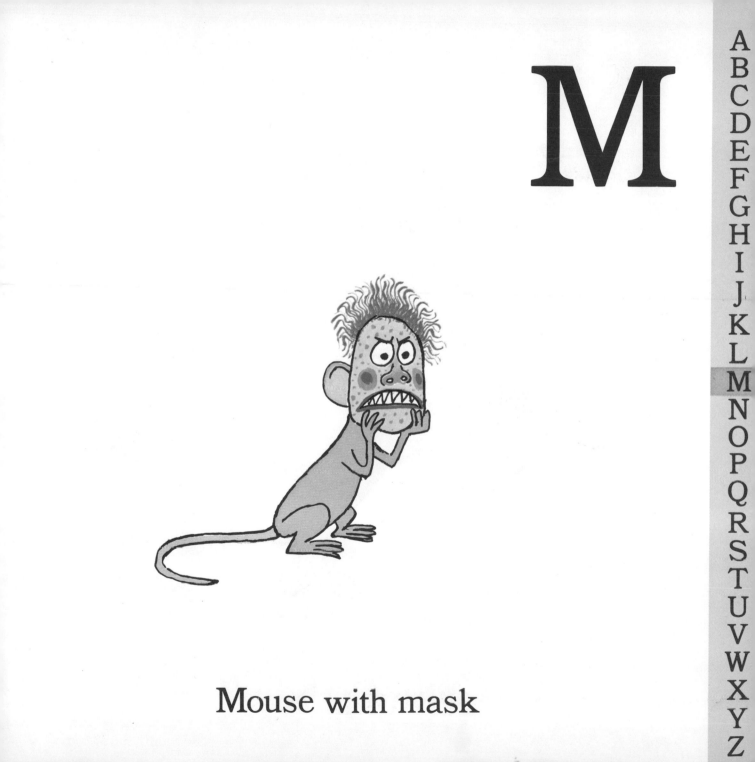

Mouse with mask

ABCDEFGHIJKLMNOPQRSTUVWXYZ

# N

Nine in their nests

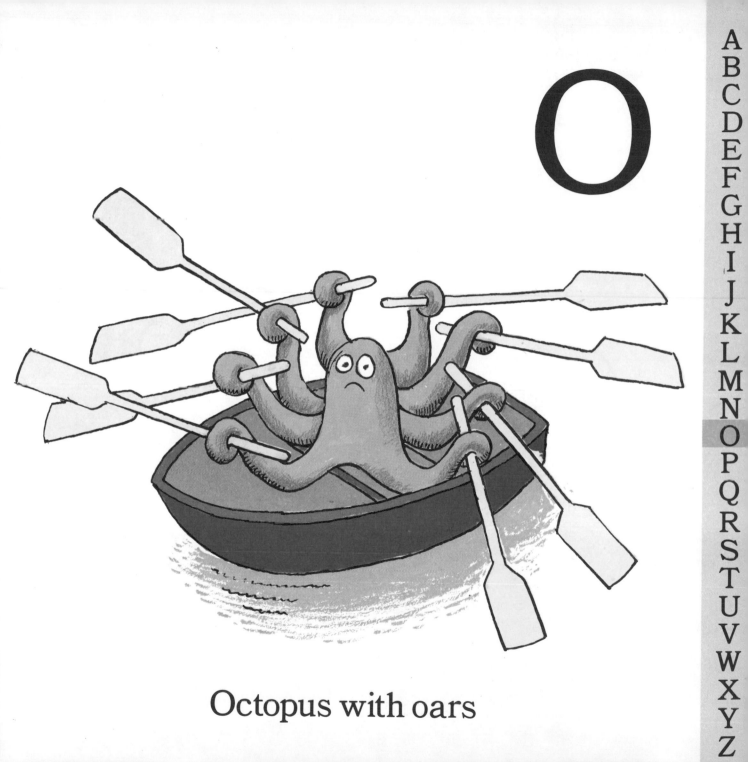

O

Octopus with oars

A B C D E F G H I J K L M N O P Q R S T U V W X Y Z

# P

Penguins in parachutes

Q

Queen with quarter

A B C D E F G H I J K L M N O P Q R S T U V W X Y Z

# R

Rabbit on roller skates

# S

Skunk on scooter

A B C D E F G H I J K L M N O P Q R S **T** U V W X Y Z

# T

Turtle at typewriter

Umpire under umbrella

ABCDEFGHIJKLMNOPQRSTUVWXYZ

# V

Vulture with violin

# W

**Walrus with wig**

A
B
C
D
E
F
G
H
I
J
K
L
M
N
O
P
Q
R
S
T
U
V
W
X
Y
Z

ABCDEFGHIJKLMNOPQRSTUVWXYZ

X

Xylophone for Xmas

A B C D E F G H I J K L M N O P Q R S T U V W X Y Z

A B C D E F G H I J K L M N O P Q R S T U V W X Y Z

# Y

Yak with yo-yo

Z

Zebra with zither

A B C D E F G H I J K L M N O P Q R S T U V W X Y Z